ANTHROPOS

ANTHROPOS

Andréa Moreira

EDITORAS ASSOCIADAS

Para meus amores.

(...) Sobre o portal do oráculo, em letras tortuosas,
a inscrição jazia num silêncio arrebatador:
"Conhece a ti mesmo". Nunca mais fui a mesma...

SOLITÁRIOS VERSOS

Não procure dono
Em meus versos,
Você pode se encontrar...
Não me tente decifrar,
Posso lhe devorar.
Aqui jazem
As angústias,
Dores e amores,
Alegrias e flores.
Não me pergunte
Para quem são meus versos.
Podem ser para você...
Ou para mim.
O que importa?

CARNAVAL

Põe teu vestido amarelo:
É carnaval.
De flor no cabelo
Leia o jornal,
Tem bloco de rua
E baile de máscara;
Talvez eu vá nua,
Sem correntes,
Com decotes
Transparentes,
De chinelo
E vestida de amarelo.

OS GANSOS

Devagar, em fila indiana,
Os gansos descem a íngreme estrada,
Calados.
Os passos desengonçados, rítmicos,
Qual ballet russo de polcas e penas,
Olham para o vento,
Sem mover o sentido.
Ao fim do passo,
As tímidas águas
Do pequeno lago
Tremulam
Em vês formados pelo nado sincronizado
Dos brancos gansos de luz.

SEGREDO DE PITANGA

Segredos,
Melhor não sabê-los;
Coma a pitanga
Sem olhá-la por dentro.
Vermelha e doce,
Azeda e cheirosa,
Tem verdade dolorosa.
Não quero saber do bicho da pitanga.
Esqueça o que ouviu,
O que viu.
Apenas coma a pitanga.

DONA

Desdobrada e ousada
Faz comida em salto alto
Com cabelo escovado.
Corre do tempo
Nas vagas
Do estacionamento.
Cria
Recria
Inventa sentidos
Para os sentimentos.
Ter ou não ter
Filhos?
Não tenho tempo.

BELA LUA

Encabula-me
A Lua.
Dourada, espia
Detrás da serra
Num clarão sibilino.
Intrincada nos olhos,
Nas ideias
Dos enamorados,
E dos abandonados.

NADA

O que você tem?
– Nada.
O que está escondendo?
– Nada.
– Não tenho nada com isso.
Eu não disse nada!
Pensei que nada poderia nos separar...
– Não adianta falar nada...
Nada será como antes.
– Nada a ver...
Não quero nada em troca
– Tudo que fiz não vale nada?
Obrigada!

Não tenho certeza de nada.
Nada pode me impedir...
Porque nada é em vão,
Nada é nada,
Nada é não.

TUDO

Dei-te tudo,
Tudo em vão.
Nem tudo dá certo.
Nem tudo sentido,
Nem tudo perdido.
Faço tudo que posso,
Mas nem tudo é possível...
Quem tem tudo?

BENDITO É O VOSSO VENTRE

Lembro-me de minha mãe grávida,
Da protuberância do seu ventre,
De seu olhar longe,
Ambíguo.
Imperscrutável silêncio.
Olhava para mim
Com ternura
Indulgente,...

TROCA DE PELE

A pele seca
Num suspiro arrastado
Desfez-se
Desintegrada
Alheia ao corpo.
Solitude invertida
Desgarrado passado
Decrépita pele
Renascida
Para a posteridade.

INDECISÃO

Vens aqui
Só para me ver
Não sei se corro
Ou te mordo
Se te degusto
Ou te cuspo
Num espirro gostoso.
Se me quer tanto
Não me aperte
Sufoca-me
Falta-me o ar.

ROSA DOS VENTOS

Em verbos efusivos
Digo-lhe:
Vou-me daqui
Para o mar
Andar na areia descalça
Sem hora
Sem casa
Sou rosa dos ventos
Bússola sem rumo
Arquejante
Extraviada
Pelas veredas
E brenhas
Do seu caminho.

VERDADE

Verdade,
Sua ou minha?
Lábil verdade
Transita entre nós
Languescente
Em nossas palavras.
Enverga o galho
Em móbile
Movimento
Ludibria
Os olhos
Faz céu cinzento
E não chove.
Reza para seu anjo
Proteger-lhe
Das mentiras que irá contar
Não sinta culpa
Você mente apenas
Nos dias quentes
Em sorrisos flácidos
E nas piscadelas
Sorridentes.

ININTELIGÍVEL

Quanta demanda nos olhos
Daquela mulher
Ninguém entende
Seu mundo.
Às vezes, claro
Outras, frio.
Intrépida mulher...
Descarriladas palavras
Quem sabe o que ela quer?
Chorar e sorrir
Correr
Voltar
Falar
Faltar.
Exaurida
De suas buscas
De completude.

NIMBOS NO PENSAMENTO

Reúne, aqui, as dores do mundo
Sucede, daqui, as flores murchas
Envergadas pelo ardor do meio dia
No meio do asfalto
Emana o trêmulo
Sopro transparente
Das dúbias palavras
Que amotinam
O pensamento
Pedra entalada
Na boca seca
Do estômago vazio
Dos olhos miúdos
Marejados.
Solitário olhar,
Multidão vazia sem cores e sons
Abre as portas
E vai para longe
Dos nimbos cinzentos
Que assombram
As noites vazias
Vagas lembranças
Recomeça do zero
Às zero hora de hoje.

ILUSIONISTA

Custa-me ver o sorriso
Macabro e puro
Postado.
Prostrado de enfadonhos
Nós e rolos de pura
Falsidade
Riem de quê?
Dos outros
Inferno esses outros
Não é mesmo?
Cutucas
Ideias nebulosas
Escondidas:
Um saber que não se sabe
Vitrine
De bonecos de plástico
Reciclado
De papier mâché
Das páginas dos livros
Que decoraste
E vomitas
Todas as noites
Em tuas belas e
Infundadas
Teorias.

EVOLUÇÃO

Meridianos cortam meu corpo
Atravessam pensamentos
Na clivagem de ideias esquecidas
Não digo que não sei
Nem mais uma vez.
Era uma vez...
Eu me esqueci
Só penso em costurar
Palavras.

DESMANTELADO

Fluidas e lentas sinapses
Ancoradas nas leves lembranças
De desbotados sonhos vividos
Perdidos encontros ruminados
Na fronha úmida
Das lágrimas escorridas.
Em meio às sombras
As varizes mapeiam
As pernas cansadas
Exauridas pelo tempo.
Antigas canções bordejam
O descanso solitário
Ameniza a tímida e profana certeza
Dos velhos enganos
O dique trincado
Balouça
Calcados em nuvens
Para amparar
Os passos
Que caminham sozinhos.

ATRAVESSAMENTO

Derrama no peito um fio
Liso e incerto
Inominável lembrança
De contingências
Entaladas
Na garganta
De tempos
De dúvidas.
Gosto
De transparência
Que sopra
As cortinas diáfanas
E revela timidamente
Na dança primitiva
Todas as nuances
Do dia
Leva com o vento
Os aforismos
Sentidos nas entranhas.
Sussurra os segredos
Que nunca serão ditos.

REMOAGEM

Paulatinamente
A letargia
De viver
Aninhou-se no peito
Nutrida pelo mau humor.
Compunção que
Alfineta a alma
É uma dorzinha chata
De dança maliciosa
Numa performance
Cega e seca
Na aridez
Das mãos solitárias
Que buscam consolo
Entre si.
Dor sagaz,
Mansa.
O que há?
Nada, remoagem
Do passado,
Pedras engolidas
Que o silêncio
Engorda,
Buraco
Cheio de nada.

De olhos vendados
Finge
Que nada aflige;
Em grãos
Que caem
E decompõe
Feito ferrugem
Na lata molhada.

RESMUNGO

Roa as unhas
E vomite suas insatisfações
Dirija suas mágoas
Nos pés
Na pista
No pedal
Unte seus tremores
De pernas
Insista nos gritos
Nos resmungos
Arranhe a parede
Cerre os dentes
E aperte-os
Sinta a carótida
Pulsar
Pular
Saltar
Ria de si
Dos outros
Mas, ao final,
Lembre-se de não engolir
As unhas
E os sapos.

INSPIRAR

Inspire
O ar
O mar
Inspire-me...
À inspiração de aspirar
Você
Deleite-se do doce hálito que expiro
Dos doces beijos que te dei
Inspire-se na bruma das manhãs de verão
Do horário de verão
Fresca inspiração.

RAREFEITO

Subitamente o ar se torna pesado
Custa-me absorver suas palavras
De liberdade.
As têmporas apertam meus pensamentos
O corpo busca o chão
Como abrigo
Vontade de não fazer nada
Absorta e perdida
Em sua boca
Pronuncia óbvias palavras
Para poupar a ínfima dose
De vida
Que me mantém de pé.

SOLIDÃO

Entre as folhas emaciadas
O vinhedo sente minha tristeza
As folhas murchas
Caídas e entregues
Ao dia.
Solidão acompanhada
De sarcásticas
Risadas.

O QUARTO ESCURO

O sol desnuda
A obscura e cômoda
Escuridão do quarto
Revela os nódulos
Da poeira sossegada
Adormecida há tempos
Sobre a mobília.
Os feixes dourados
Atravessam
Num turvo movimento
De partículas desesperadas
Em busca de pouso.
Sementes do passado
Ancoradas.
O quarto
Inebriado de perfume mofado
Amadeirado
Notas veladas
Do silêncio
Revelador.

APENAS UM SORRISO

Marejados de
Expectativas
Os olhos estranham
O clarão da luz.
Sombreiros zelam
As pacientes bagas
Em cachos rubis
Como seus cabelos
Em curvas encaracoladas.
Embora as lágrimas
Umedeçam
Os dias
Desejo apenas seu
Sorriso
Nada mais que isso.

CORDILHEIRA

Adormecidas, sob veludo branco,
Repousa a majestosa cordilheira
Aos seus pés, rastejam *jarillas** perfumadas.
Em nuances terrosas,
Pedregulhos solitários esperam
A liquidez morna da metamorfose.
Torrenciais e límpidos veios do árido chão,
Sedentos de vida, sorvem as gotículas
Que bordam sianinhas andinas
Em linho dourado.

* Planta típica da Cordilheira dos Andes.

SORTE FRÁGIL

Quantas faces tem seu olhar
Caprichosa, ruidosa
De frágil sorte
A ruína de ser Afrodite
Narciso solitário.
Será a bela da fera
O fracasso que sustenta
Seu gozo.

DESERTO

Céu ameno
Silencioso remanso
Precede o ruído austero
Dentro de mim
Seco e opaco torpor
Demente
Inunda as vísceras
Com a esperança de amor
Pretenciosa alegria
De ser perfumada
Como uma flor.

PRETENSÃO

Nada sei de mim
Sei da chuva e do sol
Da constância inconstante
Dos sentidos
Que sustentam o hálito amargo
Dos dias abafados
Os olhos coloridos
São falácias
Que comungam
Deferências
Más e verdadeiras
Fragmentos da pretensa
Sensação
De ver a luz do dia.

VENTANIAS

Enuviados
Pensamentos
Inebriados
Do fluido grená
Ludibria
Os sentidos
Engodo adormecido
Adstringente
Untuoso
Aroma sorvido
Deleite
Alquímico
De leveduras
De leves
Formas
De amar
Revoltam as lidas
Sem almejar.

PASSADIO

Belos os dias de amanhã:
Os lampejos e tremulantes
Sons
Que se escutam das canções
Que serão feitas
Para nós.

SENHORA DOS VENTOS

Senhora, queres me pegar?
Já te esqueceste das vezes que
Desgrenhei teus cabelos?
Atrevido, levantei teu vestido,
Refresquei teus calores.
Não caibo numa caixa...
Que memórias tristes tens;
Tu és mandada
Não sabes voar.
Sabes pedalar no vácuo árido de
Teu palácio,
Chão trincado, terra seca sem água.
Tuas conjecturas sem nexo,
Soltas e penduradas;
Tu resistes sem bravura;
Braços fracos e flácidos
É o que ofereces
Ao povo sofrido.

PÁGINAS AMARELAS

Amargo é o fel que escorre do canto dos seus olhos,
Caminha pesadamente sorrindo,
Arrasta os grilhões do suposto saber ancorados nos
tornozelos,
Proclama a boa velha das páginas amarelas, anúncio do
discurso vazio.
Do alto do seu monte de Vênus, exala a velha rixa de
Caim.
As comichões dantes veladas fogem pelos corredores
Do pasto que ruminas;
Mal-estar velado
Que esconde em teu sorriso:
Não há ácido que dissolva aquilo
Que está escondido.

ALBATROZ

Desliza esguia silhueta
De penugem impermeabilizada.
Pacífico,
Indiferente aos passos miúdos
Nas pequenas floreiras
Suspensas no ar.
Plaina sobre as janelas,
Miradouros e moradas
Sobrepostas acima das
Palmeiras esguias,
Na orla de um céu azul-marinho.

ENCABULADO

Vejo meus excessos nos outros
Estorvo lancetado
Em meus olhos;
O outro
Que se que vê em mim
Impacienta-me.
Elogios hipócritas
Destinados a quem?
Eu não sei.
Duvido de boas intenções,
Boas atuações.

MINEIRICE

O que é isso?
Sei não...
Posso ver?
Não.
Desconfio, mas quero.
Não quero, mas desejo.
Critico, mas estou perto,
Rodeado, rodeando.
Querendo...
Tem desconto?
Estou pensando.

DE MINAS, O MAR

Despretensiosa, a manhã aparece.
Mansa
Bucólico hálito
De frescas palavras
Em um mar sem ondas,
A silenciosa manhã elucida o dia
Com flores caídas
E folhas exauridas
Da noite afoita,
Boêmia e entregue
Às brumas da aurora,
Que chama meu nome.

PONTES

Quando o abismo
Abriu-se – não sei dizer.
Apareceu em nossa cama
Sem aviso prévio
Um vácuo árido

DESERTO MUDO

Sem folhas nem vento.
Ainda espero
Úmida espera
Solidão líquida
Ambígua valência
Dos restos e cacos
Preciosas lembranças
De pontes
Construídas.

CHORO DO MAR

Ousados tempos
De infundados desejos
De lençóis vermelhos
De vergonha sem vergonha
Em ondas livres
Espumas disformes
Efêmeras e lindas
Adormecidas na cripta arenosa
Cremadas e libertas
Ao vento que pranteia
O fim.

INVÁLIDOS DESEJOS

Escuro tem cheiro de gelo
Esfria a espinha
A boca do estômago
Engole as palavras
E vomita as dores
Sem cores
As lágrimas contidas
Das feridas abertas
Da culpa escondida
Leva os olhos para o chão.
Caminha de dia no escuro
Caminho trôpego
Impregnado do fétido
Amor imoral
Egoísta licença
Para sofrer.

DESFEITO

Desfez de mim
Deixou-me assim
Sem eira nem beira
Sozinho na mesa
Ilha distante
De riso insultante
Desfez minha espera
De ter você só para mim.

INFERNO

Obscuro inferno, quente e ácido
Adocicado desejo de sonhos distantes
Luz ofuscante que não vi
E não provei
Salivo de vontade,
De ruindade
Do gosto amargo
No canto dos olhos
Mordida atroz
Ferida esquecida
...rever

DEPENDÊNCIA QUÍMICA

Na enxurrada de sabores eclodiu o gozo...
Vaso dilatado
Dum sentimento estranho
Que enuvia as ideias
Obsessão incrédula
De açoites
Quimicamente inebriado de paixão.
Beira à dor
Sôfrego amor.
Anseia volver os olhos
Soluto tumor
Que ramifica os dedos
No humor.

DEFLAGRAÇÃO

Desvie os olhos de mim,
Não deixe que meu corpo velado
Deflagre sua percepção.
Olhe para o vento,
Deixe que a nudez dos meus pensamentos
Remova suas intenções
Roubadas dos seus desejos.
Rumine as agruras do tempo,
Leia as entrelinhas das minhas coxas
E sinta o cheiro adocicado e amanteigado
Da relva ruiva
Do meu sexo.
Quando o mormaço do meio-dia
Queimar seus cabelos,
Não se queixe.
Apenas recorde o frescor
Vespertino
Que precede
A longa noite que está por vir.

JURAMENTO

Jura ver a lua
Mesmo em noite escura?
Leva tuas roupas,
És livre.
Passarinho indeciso
De voar,
De ficar...
Não te acanhes
Em reclamar...
Viver junto é assim:
Dias de trovoada,
Outros de revoada;
Mormaço abafado
E risos de criança...
Há dias em que tudo cansa.
Só o sussurro
Do teu hálito morno
Provoca ardor.
E tudo que era névoa
Se torna amor.

GOZO INVERTIDO

Deleite sombrio
Na voz embargada
Sussurros, gemidos
Já não valem nada
O quarto vazio
De móveis
Sem sentido
Dispostos secamente
Perderam o brilho.
Os lençóis, outrora macios
São panos caídos
Rendidos ao chão.
Embargos lentos
Dissolutos grunhidos
O colchão inundado
De um gozo invertido
Sem espasmos.
Apenas a entrega
Do corpo usufruído.

NÓS CEGOS

Rompido o obsoleto silêncio
Num rompante desvairado
De bruscas buscas
Enfim, as respostas jamais serão dadas.
A ânsia do corpo desentendido.
Envolto à lamúria e luxúria
Nós cegos de amor e ardor
Apelos perdidos
Em busca
De cor
De repetidas
Mesmices de amor.

FALSIDADE

Qualquer dia
Vou gritar
Vou falar de você
Dos seus pecaminosos
Venenos
Vou contar
Da sua falsidade
E das madrugadas
De suas traiçoeiras
Impressões digitais
De sorrisos intricados
Nas lamúrias
Tamponadas
Em fingimento
De felicidade.

OBSCENIDADES

Quero-o atrevido.
Sem licença,
Pegue-me em seus braços,
Beije suavemente
Um lóbulo e
Depois o outro.
Sussurre
Obscenas formalidades
De nossa intimidade.
Desprovido de cuidados,
Cuide do meu corpo
Como se fosse o seu.
Entre sem bater,
Seja dono do meu gozo.
Sim, seja firme
Nesse propósito.
Não se aborreça
Dessa incumbência.
Apenas me leve para você.

ANTROPOFAGIA

Lambe o veneno da tua boca
E sentirás o amargor
Da tua intenção
Tuas mãos serão sedosas ou ásperas
Se tu quiseres
Já não vês os olhares malignos
Que emanam de ti
Apenas degustas antropófaga
Língua
Cego narciso
Incrédulo da tua vaidade
Imperceptível erva daninha que
Cultivas na tua alma
Pensas que és Baco
Mas não há uvas em teu vinhedo
Conspira em teu hálito deteriorado
A putrefação de tuas palavras
Ludibria a ti mesmo
Reflexo opaco
Desarmônica sinfonia
De sons obscuros na luz do dia.

PACÍFICO

Pacíficas águas de prata e sal
Recortes reflexos
De mim e você
Andes de picos glacê
Gélidas e solitárias
Pétalas azuis
Espuma gelada
Dourada
Vento pacífico
De nosso amor.

AMOR MEU

Encontrei seus olhos
Pousados nos meus cabelos
Pegue-os!
Sinta como são macios
Os caracóis agora são seus
Rococós entalhados no seu coração
De madeira de lei.
Mãos enlaçadas em dias de sexta-feira
Perfume guardado a semana inteira.

INDECIFRÁVEL

Preocupa-me ver dentes
Sorrindo,
Rosnando,
Fingindo.
Medidas
Exatas
Confusas,
Imediatas.
Indecifrável
Falta.

UM PLATÔ

O brado surdo
Suado e tímido
Verde e nauseado
Amarelo pálido
Com a cara de pau
Brasil.
No pantanoso
Plano alto
Inundado
Pelo musgo
Lodo da vergonha
Nacional
Deitado
Em berço
Quebrado
Abduzidos
Por alienados
O povo
Anda perdido
No êxodo moral
Em busca
Da terra prometida
Mas nunca cumprida.
Embolados nas tramas Supremas
Operações,

Cirurgias,
Lava-jatos
Sem água
Não limpam as feridas
Imundices
Margeiam
Nossos lares
Intoxica,
Mata-nos
Na corrupta
Cripta cenográfica
Que nos priva
Do som e da luz
Da justiça.

IMPREGNADO

Quem vai e quem fica?
Eis a questão.
O ministério
É um mistério
Psicoticamente correto
O país carece
De lobotomia
No mais alto
Escalão
Essa é a pena
Para corrupção
Incisão
Decisiva
Decisão.

AMOR MEU II

Diga que me ama
Com seus olhos.
Com sua boca
Apenas me beije
E saberei que tudo está bem.
Com suas mãos
Penteie meus cabelos
Meus pensamentos embolam
Às vezes.
Aninhe-me em seus braços
E não me deixe cair
Sou ventania
E seu carinho
Sossega minhas
Palavras
Faz-me menina outra vez.

NOS RASTROS EMPOEIRADOS

Segui suas marcas.
Por que não olha?
Teme que eu veja
Traiçoeiros risos
Que destina aos outros?
Eu bem sei de seus voos
E não mais me aflijo
Voar faz bem
Se você volta ao final.

DEGUSTAS A DOR

Optas pela mágoa
Todos os dias
Insistes em ver
A mesma marca
O mesmo número
E as feridas se abrem
No repuxo das palavras
Deferidas
Insistes em pensar
Na dor
Que sobrepuja o amor.

LIMBO DO AMOR

Já não tens mais doçura
Teu olhar glacial
Condena-me
A cada dia
A uma sentença
De traidor
Que causa dor
De amor
Já não tens apreço
Pelas flores que trago
Não suportas minhas mãos
Nem meus afagos
Porém, não me deixas.
Sucumbido
Num castigo cruel
Aprisionado e culpado
Ofereço-te o fel
Do passado rançoso
Traidor presunçoso
Não suportas meu cheiro
Criticas meu cabelo
Esnobas meu esforço
Em agradar-te
Que faço eu então?
Tu vives no limbo

Não há paixão
E nem perdão
Apenas amargura no teu coração.

INTIMIDADES

Trate-me como uma visita
Não grite
Não critique
Sirva-me
Em taças de cristal
Pratos de porcelana
Convida-me para um banquete
Não diga tudo que quer
Não tenha liberdade para ofender-me
Seja formal
Sem me inibir
Deixe-me à vontade
Mas de uma distância segura
Onde não pise em meu pé.
Peça por favor,
Para que eu me sinta poderosa.
Diga obrigado,
Para endossar meus doces.
Somos simplesmente
Formas informais
De amar.

BRASILEIROS E BRASILEIRAS

O solo rachado
Brota água
Milagre de água suja
Que mata a sede
Mas contamina o povo brasileiro
Barriga d'água não mata fome
Mata aos poucos
De vergonha
Do engodo suplantado
Numa alvorada turva
Carcinoma silencioso
Golpe impiedoso
De palavras invertidas
De moral travestida
De constitucionalidade.
O golpe é em nossa
Dignidade.

MEU MAR

Imenso esse azul...
Nuances incertas
De profundas dúvidas.
Solitário,
De medos distantes.
Imenso esse mar
De grandes embalos
E lúgubres abalos.
Imenso é amar
De ébrios amantes
Pequenos instantes
Deixados no ar.
Imensos meus olhos,
Gulosos tentáculos
Querendo abraçar
A grande distância
Entre mim e o mar.
Distantes meus olhos
Dos dias de sol,
De longos mergulhos
Em meus devaneios
Que não posso falar.

ABROLHOS

Abra os olhos
De abrolhos
Vou ao mar
Te encontrar

Abra os olhos
De abrolhos
Nesse azul
De encantar

Abra os olhos
De abrolhos
Não perturbes
Os corais e os atobás

Abra os olhos
De Abrolhos
Para nunca
Mais chorar

Abra os olhos
De abrolhos.

HALOS

Encontrei você na encruzilhada
Me dizia sorrindo:
Cuidado.
Vi seu sorriso
De lado
Lançou-me
Obliquamente
O maldito verme
Da dúvida.
Mesmo que tente
Afastar-me
Não posso
Já que existirá eternamente
Em meus dias
Mesmo suspeitando de seus sorrisos
Engoli-los-ei.
Fundidos
Em halos
Caminhemos
Suportemo-nos
Um ao outro.

CANÇÕES DE MIM

Só quero
Estar agora
Em seus braços
Os polos
Entre nós
São breves
Limiar do
Inverno e verão,
Tão perto e distante
Da liberdade.
Em dias de correnteza
Abarco
Os seus
Respingos.
Em dança de
Mim
Rodopiam
Redemoinhos
De olhos
Nos olhos.
Minhas fugas
São dias sem chão
Árido
Escondo-me na sujeira
Do resto

Das fissuras
Espalhadas.
Das rasas frases
Que escuto
Dançam
Em minha surdez
Suas voluptuosas canções
São minhas
Sou eu.

ARREBATAMENTO

Desvairadas ondas
Beijam os rochedos
Nesse mar sem beira
Arrebatada
Espumante
Chiado
Branca
E leve
Levedura
De maresia.

RUÍDOS

Amortece
A boca
Nos dias quentes
As telhas voam
Em cacos
Quebrados
Colados
Pela salutar
E ácida
Saliva
Palavras
Escapulidas
Pela fresta
Esfria os pés e arrepia
Os pelos do braço
Sem saber sabendo
Que o que foi dito
Não será esquecido.

OLIVEIRA

No tronco torcido
As marcas do tempo
No canto dos olhos
Dormidos
Os dias corridos
Marcas de dias frios
De ventos fortes
De sorrisos
Convolutos
De frutos sadios
E outros perdidos
São lágrimas
De oliva
Untuosas
Notas
De sabor.

POEMA OBLÍQUO

Serpenteia
Seu olhar
Na silhueta
Curvilínea
Estradas
De amores
Em tons
Esmerados
De toques
Suados
Doces
Odores
No corpo
Calado
Em sopro
Ofuscado
Silêncio
No quarto
São sóis
Em lençóis
De dias e
Noites a sós.

SICÍLIA

Entre o céu
E o mar,
Há calor
Em ruínas
E labirintos
Incertos,
Descobertos
Na retina
De olhos
Perdidos de amor,
De dor cor de cobalto.
Transparência
Na luz
Que emana.
Dias de outubro
Em colinas
Escondem os aromas,
Ácido limão
Que refresca
Os dias quentes.
Não há mal
Aqui,
Apenas lufadas de
Vento sul
Brincando de viver.

COMO FICO EU SEM TI?

Sem areia na praia
Sem aroma no frasco
Vazio
São meus dias
Se tu não vens
Aqui
Sem flores é o jardim
Que cultivo
Apenas para ver-te
Apanhar
Os ramos de
Alecrim
Os cachos de flores
Risadas rosadas
Roçadas em
Teu seio
E tua boca carmim.

FAMÍLIAS

Gosto de ver famílias
Sentadas à mesa
Do burburinho de talheres
Tilintantes.
Palavras
Distantes.
Gosto de ver famílias
Na sala de estar
Silenciosas
Em sua teia
Ilhadas em sussurros.
Gosto de ver famílias
Em sortidos
Olhares
Em gritos e singelos
Frutos de amor
Gosto de ver famílias.

ITÁLIA

No sal das tumbas
Encravadas
Em pedras
Desenhadas
Pelo tempo
Exibidas
Pela
Glória
Jaz
Um dia
Um ano
Um século
Um milênio
De sons.
Labirinto de cobalto
Em translúcido
Caminho molhado.
Sinuosas nuances
Mar de gente.
Em sopros de Murano
Quente hálito
Do fresco ar veneziano.
Sob máscaras de risos
Amontoado de sons
De luz âmbar

E olhares perdidos.
És assim
Ser veneziano.

RIMAS

Deslizo pelas rimas
Segredos
Absurdos
Selados
Na florescência
De palavras.
Ilimitados
Limites
É aqui que me escondo
Dos seus olhos.

AMOR LAVRADO

Lavrado amor
Sustentável em torrões
De terra fértil
Abundante lábaro
Em esplendor
Lavrado amor
Arado em dias de sol
E suor
Germina a vida
Em noites
Sem pudores.
Lavrado amor.

NOVIDADE

Repetes tuas canções
Comes o mesmo prato
Bebes a mesma bebida
Que há de novo em ti?
Previsíveis são teus dias
Em tuas noites
Nada há
Senão
A mesma cor
Contáveis são teus arroubos
Sempre no mesmo horário
Os mesmos sons
Que há de novo em ti?

SOLIDÃO

Descobri os benefícios do egoísmo
Olhar solitário
Sem intervenções alheias
Solícita
Solitude
Do silêncio
Benevolente.
O incômodo
De teu incômodo
Não me atormenta
Estou comigo.

MATERNIDADE

Em estriadas linhas
O corpo cresce
Corpo presente
Fundido em
Futuro
Interligados
Para sempre

ONDE HABITA MEU SER

Muros
Florescem.
Degraus
Íngremes
Levam meus passos
A um pomar de lisuras.
É-me conveniente
Aos meus anseios
Donde posso pisar
Em ovos ou pedras?
Não vejo
Vou.

SOU

Sibilo nos ares
Distintas canções
Em dias de festa
Ouço gorjeios.
Em dias de sombra
Uivo
Brandido
Só
E nós.

NOITES EM FLORENÇA

Inebria
Meus soluços
Rosso fluido
Aquece a face
Em motins
De frases
Etílicas
Em noites Florentinas.
Quilômetros de passos
Perdidos e andados
No outono
Discreto
São jovens seus grunhidos
Dourados passos
Em folhas mortas
Esquecidas
Nas calçadas
Em velhos
Casacos pendurados
No armário.

COLISEU

Ainda somos os mesmos
Bárbaros
Passivos
Entregues
Ativos
Ainda somos os mesmos
Brancos
Negros
Distintas distinções
Sob atos e orações
Ainda somos os mesmos
Injuriados
Apóstolos devorados
Povos devastados
Ainda somos os mesmos.

BELO NARCISO

Olhas sem medo
As águas refletem
Apenas tu.
Não temas a imagem,
És tu.
Nu,
Num mundo
Vestido.
Despes de tuas vestes,
Vês apenas tu,
Sem temores de afogardes.
Teu reflexo és belo
Com tremores.
Distorções
São temores...
Tremores nas águas
Da existência.

LIBERDADE

Para crer
E descrer
Para amar
Ou desdenhar
Sem obrigação
Direita ou
Esquerda
Somos
Assim
Nascidos
Num mesmo mundo
Irregular
Descompassado
Em timbres
Destoantes.
A preeminência
De uma só
Canção
Perjura
A existência
É o maior
Dos pecados.

MEDO DO SILÊNCIO

Céu escuro
Prelúdio
De tempestade
Cala-se
À beira
Do promontório
Vislumbra
Horizonte
Distante
Possível.
Inevitável
Intercurso
Afluente
Do curso
De palavra
Que pede
Para ser dita.

DESESPERANÇA

Em mim nada urge
Apenas meu estômago
Estou vazia
Oco buraco
Coco sem água
Não tremo
Vou.
Sem vontade de ir
De sorrir
Não respondo aos e-mails
Não atendo à porta
Quero dormir
Uma noite longa.
Os ruídos da rua
São estrondos
Implosões de sentidos
Solitários suspiros
Na irrelevante poltrona
Que me abraça
No meio da sala.

SUFRAGISTA

Tenho direitos
De amar-te
Ou descartar-te
De enlouquecer
Ou de morrer
Apenas sob
Meu próprio jugo
Pena a qual me submeto
Por querer, sem querer
Porém, tu não és meu algoz
Eu, apenas eu
Submeto-me ao julgo
Que me pertence
E nunca a ti
Nem a ninguém.

PRETÉRITO IMPERFEITO

Olhava
Amava
Chorava
Rezava
Falava
Agourava
Esperava
Gritava
Morria
Todos os dias...

Pausa...

Presente

Nasci
Corri
Caí
Sofri
Vi.
Dormi
Puni
Abri
Sorri.

Agora

Amo
Ando
Beijo
Leio
Como
Falo
Olho
Juro, aqui
Simples assim.

LOUÇAS NA PIA

A torneira fechada
O tapete embolado
Na sala
Revirada
Lençóis amarelos
Em cama suada
Cheiro de comida
E roupa amassada
Banheiro molhado
Sem som de privada
Portas abertas
Janelas fechadas
Boca que come
Comida estragada
Casa vazia
Com gente
Instalada.

PONTO FINAL

Onde os pontos terminam
Continuo.
Me afogo
Em lamentações
Diluo em palavras
Deixadas
Em muros caídos
E paredes trincadas
Um fio frio
Percorre
Meus braços
Cansados
De lembranças
Emaciadas.
Somos assim
Testemunhas
De nossa
História.

SIM, EU ACEITO

Juro
Amar-te
Enquanto for possível
Eternamente
Até o fim.
Juro
Dizer a verdade
Que creio.
Juro
Nunca
Trair-te
Enquanto amar-te
Sou tua
Até que eu queira.
Sigo tua sombra
Até o pôr do sol
Mas à noite
Todos os gatos
São pardos
E se tu não suportas
Feche os olhos
Que dói menos
Afinal, coração cego
É longevo.

COMPASSIVO

Como os olhos se enternecem
Na distância de um primeiro olhar
De cenho austero
E alma enrugada
Não me culpo por chorar
Nos filmes
Pieguices são permitidas
Em doses milimétricas
Esporádicas tensões
Escapulidas
Das páginas relidas
Uma gota
Apenas
Na face
Cindida.

LIÇÕES

Aprendi com minha mãe
A rezar e fazer goiabada
A ficar na varanda
Sentada
Esperando
Para não fazer nada
Aprendi a chorar
Esperar um amor
Sentar na escada
E depois pedir para sumir
E chorar sem saber
Porquê
Correr no portão
Para ver se chegou.
Rir com lágrimas nos olhos
Sem dizer palavra
Apenas esperar
Por dias pequenos
Com você
Aqui
Juntinho de mim.

CHORINHO

É nas profundas
De minha tristeza
Que encontro
Palavras certas
Nas teclas
Meus dedos dançam
Entrelaçados
Num mundo
Meu e Seu
Tecido em letras
Harmonizadas
Desarranjadas
Em choros e risadas.
E falas
Mal acabadas.

BONECA DE PAPEL

Embrulhada em papel de presente
Com laço de fita
Acetinada
Tu vens
Bela e oca
Como caixa vazia
De olhos coloridos
Em lentes de grifes
Tu, vestidas de Afrodite
Gélida e infeliz.
Teu vazio
Enche os olhos
Ofereces sorrisos
E favores
Nada mais tens
Coração carunchado
Casca fina
Solitária
Caracóis de inveja
Em fios longos e lisos
Tenros sorrisos
De Nada.

INVEJOSA

Ando sem cura
Para meus amores
Olho com dó
Cansada
Enfadada
De ti
De pouco apreço
Dos sorrisos toscos
De enganos loucos.
Tu nem sabes quem sou
Usa-me
Para tuas dores
Teu medo
Sou eu.
E tu,
Bem,
Tu és desprovida
De beleza
Disso eu bem sei.
Que culpa tenho eu?
Mas insistes
Em definhar teus grunhidos
Para meus cabelos.
Endento-te em partes
Naquelas que me restam

Onde altruísta
Insisto em amar
O mendigo
Na esquina
Com pés amputados.
Melhor que tu
Comiserada e miserável
Alma amputada
Mulher invejosa.

ENGANOS

Não procuro nada
A não ser meus enganos
Encobertos em sorrisos
Brancos.
Encabulo-me
Com más notícias
Choro, escondido.
Surpreende- me
A descoberta
Dos amigos perdidos
Dos olhares falidos.
Temo o dia
Em que, por distração,
Passar despercebido
Por desleixo
Um afeto
Desacreditado
Na pureza
Do amor fraterno.

SEGREDOS

Falo de mim
Já que de ti pouco sei
Queres saber
Mais do que deves
Ignoras a ti mesmo
Enverga teus dias
Para saber
Meus segredos
Inacessíveis
Para teus ouvidos
Sou o que quero
Que vejas
Apenas isso.

OBSCURIDADE

Quantas perguntas
Ainda tenho
Para respostas
Que não posso ter
Nas horas
Corridas
De dias passados
Advindos da espera
Esperança
Esperados dias...
Olhar em contas
De água
Em contos tristes
Que contraem
Sentidos
Obscurecidos.

MANTIQUEIRA

Em campos de estrelas
E água gelada
Borbulhas
No céu
Nas fendas
Abre portais
De pura
Translucidez
Escorregadias pedras
Roliças
Brilhantes
Pedaços
De sóis
E queijos
Dourados
Que reluzem
No alto
Da Mantiqueira.

TRANSFERÊNCIA

Tu bem sabes
Que te amo.
Amor transferido
De afetos indeferidos
Embalos maternos
E desejos perdidos
Em fissura tênue
Tu deslizas
Entra em meus cachos
E sorri
Como criança
Na manhã de Natal
Não há riscos
Nesse amor
Só há riscos de caneta
No escuro
E de muletas.

NÃO VÁ

Sentes o embalo
Do sopro do mar
Cujas lembranças
Insistes levar.
Não vá...
Fique em meus olhos
Fechados
Permitas que eu
Possa te amar
Em breves nuances
De azul
Da cor do mar.
Olhares perdidos
Como a espuma
Lívida
Que eclode
Na efervescência
Do ar.

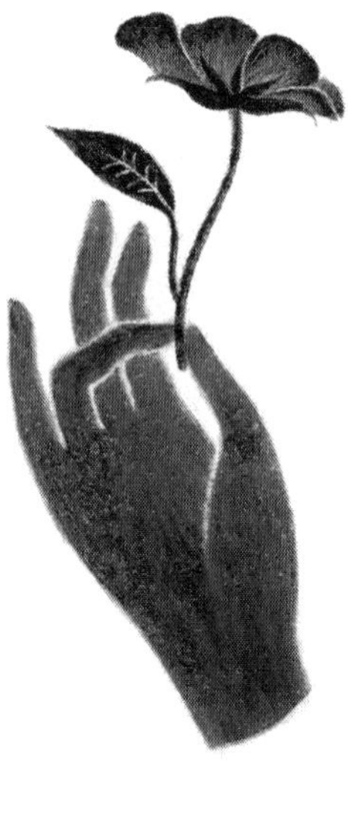

LAÇO TEMPORAL

Ando todos os dias
Pelo mesmo caminho
Todos os dias
Reclamo da vida
Tomo café
E todos me olham
Recuo
Todos os dias
Me entrego
Lânguido
Oponente
De mim mesmo
Todos os dias
Sem saber
Que a frequência
Repete a minha
Querência

DITOS DO EXÍLIO

Quantas palavras já foram ditas
Por amor
Quantos olhares
Perdidos
Dias frios.
Mas o amor é assim
Remexe as cousas.
Constrói paredes
Dilata pupilas
Exala
Voluptuosas
Nuances
Envolta a pele quente
De casulos adocicados
Entranhados
Simples formas
Amanteigadas
Que derretem ao calor
Da boca
Quente
Consumado
Exalado
Exilado
Amor.

NA PONTA DOS PÉS

Amo-te desde a primeira vez.
Olhos francos os teus,
Especulares.
Tuas palavras abrem portas
Na minha alma.
Em teus olhos
Vi-me
Sem costuras,
Sem remendos,
Apenas eu.
Debrucei-me
Para o voo
Na ponta dos pés
Descalços,
De olhos fechados,
Disfarçados.
Nada mais.

EGOÍSMO

Não quero dividir
Quero-te só para mim
Não me importo
Das convenções
Ou das normas de condutas
Muito menos de ser
Politicamente correto
Sou egoísta
Quero-te só meu
Teus olhares
Teus afagos
Tudo só para mim
Uma cama pequena
Que caiba nosso encontro
Que caibam nossos sons
Apenas nós.

DESEJOS

Penso nos dias
Que perdi teus beijos
Nas longas horas
De corpos largados
Despojados de amor
De suor
Que deixamos de lado
Por pura formalidade
Por lealdade.
Obscenidades
Obsoletas
Perdidas
Em desejos
Latentes
Subjacentes
À verdade
De nossos
Dias.

ETERNIDADE

Eu, daqui
Só
Salivo você
Em meus devaneios
Displicente
Você caminha
Sem olhar para trás
Brinca comigo
Sorri
Com seus olhos.
Eu, aflita
Nego o que vejo
Pois você
Encabula-me
Com sua simplicidade
Pulula em meu peito
Arfante
Suplicante
Ansioso de você
Sem esperança
De te encontrar
Chega tarde
Por isso
Guardei-lhe
Para eternidade.

FRESTAS

Esse jardim sem flores
Que tu me ofereces
É um árido e belo
Átrio de amores
Ocre e seco
De faces envoltas
Em teus pudores.
Tu te escondes
Nas paredes
Sem cores
Mas encontras
Meus olhos
Nas frestas
Das palavras.

ANTHROPOS Do grego antigo άνθρωπος (anthrōpos, ser humano, homem)

Catalogação na Publicação (CIP)

M838
Moreira, Andréa
Anthropos / Andréa Moreira ; ilustrações Helena Cintra.
— Belo Horizonte : Quixote+Do Editoras Associadas, 2018.
140 p.: il. p&b
ISBN 978-85-66256-31-4
1. Poesia brasileira. I. Cintra, Helena. II. Título.
CDD: B869.15

Bibliotecária responsável: Fernanda Gomes de Souza CRB-6/2472

AUTOR Andréa Moreira
PROJETO GRÁFICO E DIAGRAMAÇÃO Caroline Gischewski
REVISÃO Valter Braga
ILUSTRAÇÃO Helena Cintra

QUIXOTE+DO EDITORAS ASSOCIADAS

www.quixote-do.com.br
editora@quixote-do.com.br
+55 31 3227.3077

[1ª Edição 2018]

Essa obra foi composta em Centaur e impressa em
papel Pólen Soft 80g/m² e Color Plus Cartagena 80g/m² na
Artes Gráficas Formato para a Quixote+Do Editoras Associadas.